MARCELLA MARKHAM, a quien debemos la feliz idea de *Hacerse mayor es...* se graduó en la American Academy of Dramatic Art y tuvo una exitosa carrera como actriz interpretando diferentes papeles en Broadway y Londres. También tuvo apariciones en varias series y películas para la televisión. Murió en 1991.

DOMINIC POELSMA es famoso por sus viñetas diarias, dando vida a Clive y Augusta, en el *Evening Standard.* Es ilustrador de muchos otros libros.

Título del original inglés:
OLD IS... GREAT!

Traducción de Editorial Edaf.

Editado por Helen Exley.
Escrito por Marcella Markham.
Ilustrado por Dominic Poelsma.

© 1998. Helen Exley.
© 1999. De la traducción, Editorial EDAF, S. A.
© 1999. EDITORIAL EDAF, S. A. Jorge Juan, 30. Madrid.
   Para la edición en español por acuerdo con EXLEY PUBLICATIONS, Ltd.
   Watford, Herts (U.K.).

   Dirección en Internet: http://www.arrakis.es/~edaf
   Correo electrónico: edaf@arrakis.es

Edaf y Morales, S. A.
Oriente, 180, n.º 279. Colonia Moctezuma, 2da. sec.
Delegación Venustiano Carranza. C.P. 15530. México, D.F.

Edaf y Albatros.
San Martín, 969, 3.º, oficina 5.
Buenos Aires, Argentina.

ISBN: 84-414-0551-4

PRINTED IN HUNGARY / IMPRESO EN HUNGRÍA

Hacerse mayor es...
¡FANTÁSTICO!

MADRID - MÉXICO - BUENOS AIRES

Hacerse mayor es...

cuando prefieres un coche con chófer a un Ferrari.

Hacerse mayor es...

cuando las cenas a la luz de las velas ya no te parecen
románticas porque no puedes leer el menú.

Hacerse mayor es...

cuando descubres tu primera cana.

Hacerse mayor es...

cuando asistes a una manifestación callejera porque crees que el ejercicio te sentará bien.

Hacerse mayor es...

cuando prefieres tener un masajista en lugar de hacer ejercicio sobre la moqueta.

Hacerse mayor es...

cuando la factura del dentista alcanza cifras astronómicas.

Hacerse mayor es...

cuando deseas que tu doctor te diagnostique hipocondría.

Hacerse mayor es...

cuando las fiestas ya no te parecen divertidas;

cuando sientes que no sales lo suficiente y,
sin embargo, prefieres quedarte en casa;

cuando te das cuenta de que nada se resuelve
después de medianoche;

cuando te das cuenta de que no puedes cambiar
el punto de vista de nadie y que a ti ya nadie te
puede cambiar el tuyo;

cuando dejas de utilizar frases tipo «amor
a primera vista»;

cuando dejas de utilizar frases tipo «es algo
indescriptible»;

cuando las fiestas te parecen aburridas y las cenas
para cuatro muy interesantes;

cuando tus hijos no paran de decirte que te
repites constantemente;

cuando dejas de utilizar frases tipo «atracción
animal».

Hacerse mayor es...

cuando el plan de pensiones empieza a parecerte
mucho más que un simple recibo mensual.

Hacerse mayor es...

cuando tus compañeros de la oficina te tratan como
si fueras uno de ellos.

Hacerse mayor es...

cuando las chicas jóvenes de la oficina dejan de
hablarte de sus conquistas

... y los hombres empiezan a hacerlo.

Hacerse mayor es...

cuando te preguntas si el chico nuevo de la oficina
que te saluda con un «hola, guapa», lo dice de veras.

Hacerse mayor es...

cuando tu jefe es más joven y, además, mujer.

Hacerse mayor es...

cuando prefieres saltarte las celebraciones de la oficina.

Hacerse mayor es...

cuando un hombre te dice: «Quiero estar a solas contigo», y tú sospechas de sus motivos;

cuando un hombre te dice: «Quiero estar el resto de mi vida contigo», y tú sospechas de su cordura;

cuando no encuentras un hueco para un amante en tu rutina diaria, aunque puedas encontrar uno;

cuando no consigues recordar qué canción antigua te recuerda a un antiguo amor que no recuerdas;

cuando un abrazo adquiere tanto significado como el sexo;

cuando empiezas a soportar a los hombres que fuman puros;

cuando te das cuenta de que no importa cuántas veces intentes marcharte de casa: nunca te irás;

cuando te das cuenta de que darle libertad es atarlo fuertemente a ti;

cuando pides libertad para ti misma;

cuando lealtad significa más que fidelidad.

Hacerse mayor es...

cuando te arrepientes de no haberte casado con
un millonario

y te das cuenta de que ninguno te lo ha pedido.

Hacerse mayor es...

cuando te preguntas por qué nunca te han invitado a participar en una orgía.

Hacerse mayor es...

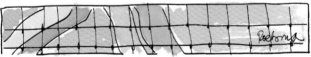

cuando eres capaz de tener sentimientos amorosos por tu compañero de partida simplemente por su juego.

Hacerse mayor es...

cuando un banquero es más atractivo que una estrella de cine.

Hacerse mayor es...

cuando ya no te puedes enamorar sin pensar:
¿Qué haré con los niños? ¿Y con los muebles?

Hacerse mayor es...

cuando te das cuenta de que no existen acciones castas

y, menos aún, las tuyas

Hacerse mayor es...

cuando Amor Libre significa tener libertad para decir «¡No!» firmemente

y «¡Sí!» inmediatamente.

Hacerse mayor es...

cuando puedes contar toda la verdad porque nadie
se lo va a creer.

Hacerse mayor es...

cuando invitas a la gente a adivinar tu edad.

Hacerse mayor es...

cuando le dices a todo el mundo que eres una mujer
liberada —y en tu interior desearías que alguien
te cuidara.

Hacerse mayor es...

cuando el cable telefónico se convierte en el cordón
umbilical que te une con el mundo.

Hacerse mayor es...

cuando dudas entre ponerte un vestido escotado y mostrar tu escote

o llevar un jersey de cuello alto para ocultar las arrugas del cuello.

Hacerse mayor es...

cuando no consigues recordar el color original
de tu pelo.

Hacerse mayor es...

cuando temes que la minifalda pueda ponerse otra vez de moda.

Hacerse mayor es...

cuando dejas de pretender ser guapa y pretendes ser fascinante.

Hacerse mayor es...

cuando la moda pasada se vuelve a imponer y todavía
tienes ropa de la primera vez.

Hacerse mayor es...

cuando lo único que deseas es deslizarte dentro de ropa amplia.

Hacerse mayor es...

cuando finalmente llega el tiempo de «las vacas flacas» para el que has estado ahorrando toda la vida;

cuando dudas de si deberías tener una póliza de seguro más cara y estás segura de que tu marido sí que debería tenerla;

cuando abandonas la fantasía de que alguien te concede una hora en unos grandes almacenes para gastar todo lo que quieras;

cuando decides que quieres vivir por ti misma, y alguien en tu familia te necesita en ese mismo momento;

cuando tu hija decide que tú y ella sois diferentes;

cuando un joven te cede el asiento en el autobús;

cuando la gente empieza sistemáticamente a contarte sus problemas emocionales;

cuando los candidatos a funcionario son de tu edad o más jóvenes;

cuando tú misma te compras tu perfume.

Hacerse mayor es...

cuando dejas de pedir amor...

y empiezas a darlo.

Hacerse mayor es...

cuando no puedes recordar cuándo fue la última vez
que hiciste el amor con tu marido

... y él tampoco puede.

Hacerse mayor es...

cuando admites que no lo sabes todo acerca del sexo.

Hacerse mayor...

cuando no te importa si lo haces con la luz encendida
o apagada.

Hacerse mayor es...

cuando tu hijo te dice que tienes pelos en la nariz.

Hacerse mayor es...

cuando tus hijos te preguntan: «¿Quiénes eran
Félix Rodríguez de la Fuente y Cecilia?».

Hacerse mayor es...

cuando tu madre necesita tus consejos

... y tú agradeces el tener todavía una madre.

Hacerse mayor es...

cuando empiezas a hablar de nuevo a tu hermana.

Hacerse mayor es...

cuando tu hijo empieza a tratarte con respeto.

Hacerse mayor es

cuando ya no te impresiona el *maître* del restaurante.

Hacerse mayor es...

cuando admites tranquilamente que en realidad no sabes mucho acerca de vinos.

Hacerse mayor es...

cuando decides que la gente tendrá que aceptarte
tal y como eres.

Hacerse mayor es...

cuando empiezas a pensar que realmente sí que existen las dos caras de la misma moneda.

Hacerse mayor es...

cuando te miras en el espejo y te dices a ti misma:
«¿A que soy atractiva?».

Hacerse mayor es...

cuando piensas que todos tus amigos demuestran la edad que tienen, pero tú no;

cuando un hotel en el centro de la ciudad te parece más romántico que un pequeño hotel en el campo;

cuando preguntas a una vieja amiga: «Dime la verdad, ¿cómo estoy?», y tú sabes que ella no te dirá la verdad y que tú a ella tampoco;

cuando no intentas esconder la barriga durante el acto sexual;

cuando compras algo caro y no te sientes culpable;

cuando puedes expulsar tus ventosidades sin culpar al perro;

cuando un pequeño elogio hace crecer tu ego durante más de una hora;

cuando estás mejor con unos cuantos kilos de más;

cuando empiezas a pensar «mi madre sí que sabía lo que era más conveniente»

... FANTÁSTICO

LITTLE M
NAUGH
worries Mr.

Original concept by Roger Hargreaves
Illustrated and written by Adam Hargreaves

World International

Little Miss Naughty is quite the naughtiest person that I know.

Take the other day for example.

She tied Mr Tall's shoe laces together.

And she took Mr Dizzy into the maze and left him there.

And she joined up all the dots on Miss Dotty's house.

And she even picked on the worm who lives at the bottom of her garden!

I think you would have to agree that she is probably the naughtiest person that you know.

Then one day Little Miss Naughty met Mr Worry.

Now, Mr Worry is the sort of person who worries about everything.

Absolutely everything!

"Let's have some fun," suggested Miss Naughty, after they had introduced themselves.

Mr Worry was worried that if he said no he might offend Miss Naughty, so he said yes.

But he was still worried what 'fun' somebody called Miss Naughty might get up to.

And as you have seen he was right to worry!

Miss Naughty led him to Mr Tickle's house.

"Let's ring Mr Tickle's doorbell and run away," she giggled.

"Ooh, I don't know," said Mr Worry. "Mr Tickle might be in the bath."

"Even better!" laughed Miss Naughty.

"But then he would be all wet, and he might slip, and he might fall down the stairs, and he might bump his head and then there wouldn't be anybody to call the Doctor because we would have run away!"

Up to this point Little Miss Naughty had never worried about anything in her entire life.

But, now, when she thought about what Mr Worry had said, ringing Mr Tickle's doorbell and running away suddenly didn't seem such a good idea after all.

"Come on," she said. "I've got a better idea."

They walked over to Mr Uppity's house.

"Why don't we let his tyres down?" chuckled Little Miss Naughty.

Mr Worry looked worried.

"But what if Mr Uppity didn't notice he had flat tyres until he got out on the road, and then he might get stuck, and then a fire engine might come along, and it might not be able to get past, and then it couldn't put out the fire!" gasped Mr Worry.

"Oh," said Miss Naughty. "I hadn't thought of that."

She had thought of something else though and off they went.

But it didn't matter what she thought up, Mr Worry could think of something to worry about. Which then gave Little Miss Naughty something to worry about.

They didn't push Mr Bounce off the gate because he might have bounced up into a tree and never been able to get down.

They didn't scatter Little Miss Scatterbrain's marbles because she might have got upset if they had been lost.

Little Miss Naughty was distraught.

All those wonderful, naughty ideas going to waste.

And then she had another idea.

And tripped up Mr Worry who fell flat on his face!

"What did you do that for?" said Mr Worry.
"I might have rolled down the hill, and I might
have fallen in the river, and then I might have
caught a cold, and I might have had to stay in
bed all week!"

Little Miss Naughty looked at Mr Worry.

"But you didn't," she said, and ran off giggling mischievously.

3 Great Offers For Mr Men Fans

1 Token EGMONT WORLD

1 FREE Door Hangers and Posters

In every Mr Men and Little Miss Book like this one you will find a special token. Collect 6 and we will send you either a brilliant Mr. Men or Little Miss poster and a Mr Men or Little Miss double sided, full colour, bedroom door hanger. Apply using the coupon overleaf, enclosing six tokens and a 50p coin for your choice of two items.

Egmont World tokens can be used towards any other Egmont World / World International token scheme promotions, in early learning and story / activity books.

Posters: Tick your preferred choice of either Mr Men ☐ or Little Miss ☐

Door Hangers: Choose from: Mr. Nosey & Mr Muddle ☐, Mr Greedy & Mr Lazy ☐, Mr Tickle & Mr Grumpy ☐, Mr Slow & Mr Busy ☐, Mr Messy & Mr Quiet ☐, Mr Perfect & Mr Forgetful ☐, Little Miss Fun & Little Miss Late ☐, Little Miss Helpful & Little Miss Tidy ☐, Little Miss Busy & Little Miss Brainy ☐, Little Miss Star & Little Miss Fun ☐.
(Please tick)

ENTRANCE FEE 3 SAUSAGES — MR. GREEDY

2 Mr Men Library Boxes

Keep your growing collection of Mr Men and Little Miss books in these superb library boxes. With an integral carrying handle and stay-closed fastener, these full colour, plastic boxes are fantastic. They are just £5.49 each including postage. Order overleaf.

3 Join The Club

To join the fantastic Mr Men & Little Miss Club, check out the page overleaf NOW!

·RETURN THIS WHOLE PAGE·

Join Our Club!

MR MEN & Little Miss CLUB

When you become a member of the fantastic Mr Men and Little Miss Club you'll receive a personal letter from Mr Happy and Little Miss Giggles, a club badge with your name, and a superb Welcome Pack (pictured below right).

You'll also get birthday and Christmas cards from the Mr Men and Little Misses, 2 newsletters crammed with special offers, privileges and news, and a copy of the 12 page Mr Men catalogue which includes great party ideas.

If it were on sale in the shops, the Welcome Pack alone might cost around £13. But a year's membership is just £9.99 (plus 73p postage) with a 14 day money-back guarantee if you are not delighted!

HOW TO APPLY To apply for any of these three great offers, ask an adult to complete the coupon below and send it with appropriate payment and tokens (where required) to: Mr Men Offers, PO Box 7, Manchester M19 2HD. Credit card orders for Club membership ONLY by telephone, please call: 01403 242727.

To be completed by an adult

❏ **1.** Please send a poster and door hanger as selected overleaf. I enclose six tokens and a 50p coin for post (coin not required if you are also taking up 2. or 3. below).

❏ **2.** Please send ___ Mr Men Library case(s) and ___ Little Miss Library case(s) at £5.49 each.

❏ **3.** Please enrol the following in the Mr Men & Little Miss Club at £10.72 (inc postage)

Fan's Name:_____Fan's Address:_____

_____Post Code:_____Date of birth:___/___/___

Your Name:_____Your Address:_____

Post Code:_____Name of parent or guardian (if not you):_____

Total amount due: £_____ (£5.49 per Library Case, £10.72 per Club membership)

❏ I enclose a cheque or postal order payable to Egmont World Limited.

❏ Please charge my MasterCard / Visa account.

Card number: | | | | | | | | | | | | | | | | |

Expiry Date: ____/____   Signature:_____

Data Protection Act: If you do **not** wish to receive other family offers from us or companies we recommend, please tick this box ❏. Offer applies to UK only